CAMINO AL PANTEÓN...

ALFAGUARA

EL FESTIVAL DE LAS CALAVERAS
D.R.© Del texto: Luis San Vicente, 1999
D.R.© De las ilustraciones: Luis San Vicente, 1999

D.R.© De esta edición:
Aguilar, Altea, Taurus, Alfaguara, S.A. de C.V., 1999
Av. Universidad 767, Col. Del Valle
México, 03100, D.F. Teléfono 5688 8966
www.alfaguarainfantil.com.mx

Alfaguara es un sello editorial del **Grupo Santillana.**
Éstas son sus sedes:

ARGENTINA, BOLIVIA, CHILE, COLOMBIA, COSTA RICA,
ECUADOR, EL SALVADOR, ESPAÑA, ESTADOS UNIDOS,
GUATEMALA, MÉXICO, PANAMÁ, PERÚ, PUERTO RICO,
REPÚBLICA DOMINICANA, URUGUAY Y VENEZUELA

Primera edición en Alfaguara: agosto de 1999
Primera reimpresión: mayo de 2001

ISBN: 968-19-0607-1

D.R.© Cubierta: Luis San Vicente, 1999
Colofón: Ramón Córdoba

Impreso en México

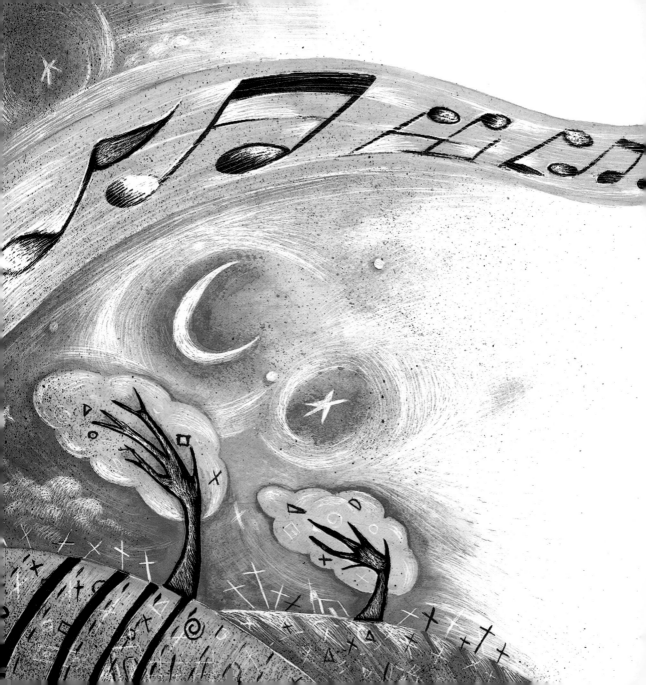

El festival de las calaveras

Luis San Vicente

ALFAGUARA

Infantil

Van y vienen
Y las ves pasar.
Andan por ahí,
Andan por allá... son las calaveras
Que felices están.

¡Voy que vuelo!
¡Voy que vuelo!
Ahí a lo lejos se ve el festejo...
Hoy es Día de muertos.

Van y vienen
Y las ves pasar.
Bailan por ahí,
Platican por allá... es su día y van a festejar.

La calaca Pascuala canta
Sin pena ni temor
Aunque le falte una pata
Y en el sombrero lleve una flor.

En el camposanto
Los niños piden calaverita
Con su máscara de espanto
Y su caja con velita.

¡Arre, arre!
Que me quieren alcanzar.
Con esa calaca fea... me quieren desposar.

Cuidaron esta edición
—y no les dio un patatús—
dos calacas de panteón,
que fueron Marta Llorens
y Diego Mejía Eguiluz.
Los calacos impresores
realizaron su trabajo
en taller de los mejores,
como puedes leer abajo.
Y les digo sin desmayo
y sin malestar alguno:
fue en el año dos mil uno
y durante el mes de mayo.

Editora e Impresora Apolo S.A. de C.V.,
Centeno 150, Col. Granjas Esmeralda,
09810, México, D.F.

FORMADITAS EN HILERAS, BA`

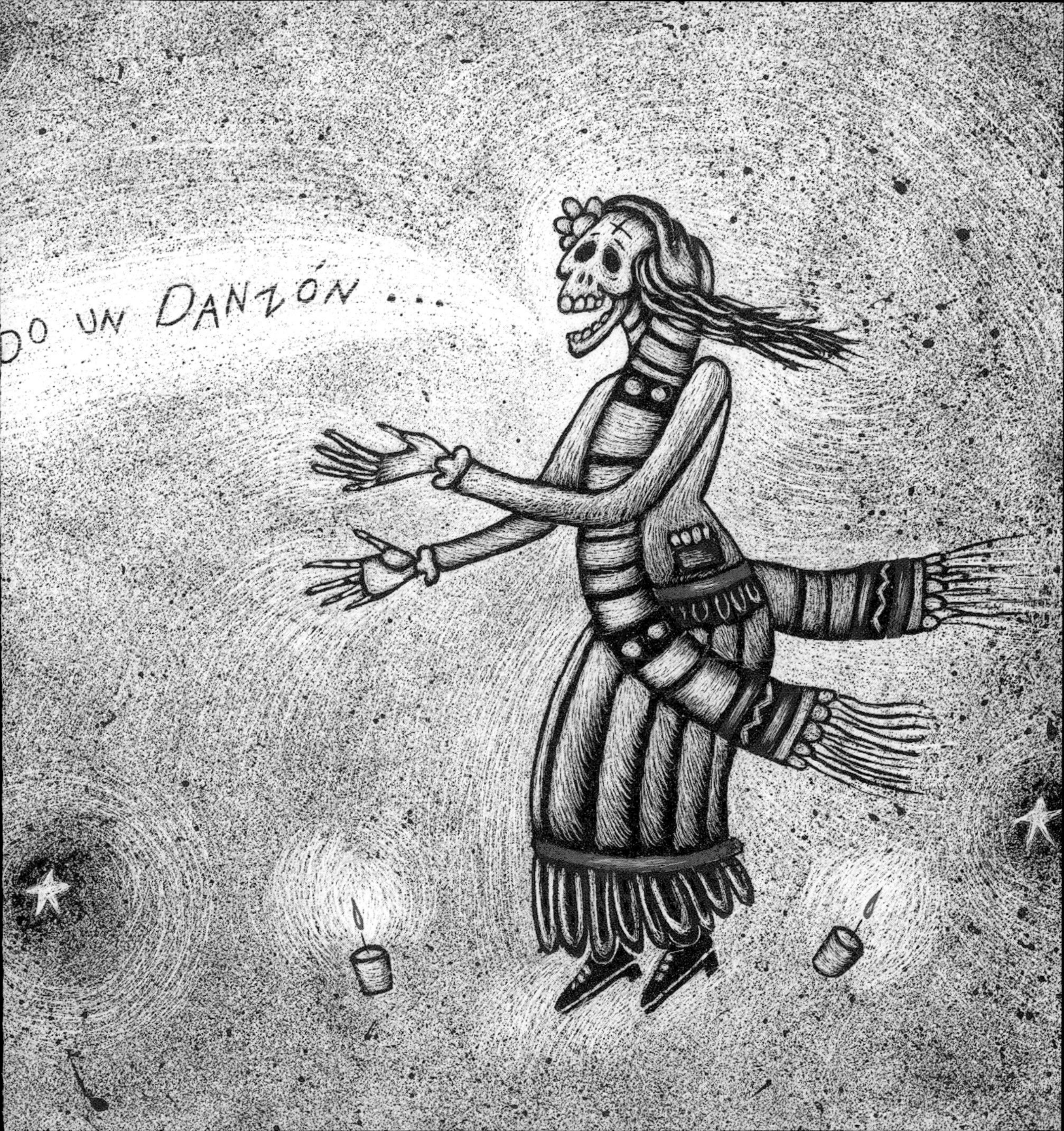
DO UN DANZÓN ...